푸른 화살표

최인수

1937년 경남 사천 서포 출생
한국방송통신대학교 농학과 졸업
농촌진흥청 울산시농촌지도소 정년퇴임
울산문협 시민문예대학 수료
제43회 샘터시조상 장원 「억새꽃」
계간 《현대시조》 신인상 당선 「우리 소나무」
청하문학 《수필시대》 2012년 여름호 수필 등단
시조집 『억새꽃』 『푸른 화살표』
울산문인협회, 울산시조시인협회, 문수필담 회원
keoyngjae@hanmail.net

푸른 화살표

—

초판 1쇄 2021년 11월 30일
지은이 최인수
펴낸이 김영재
펴낸곳 책만드는집

—

주소 서울 마포구 양화로3길 99, 4층 (04022)
전화 3142-1585·6
팩스 336-8908
전자우편 chaekjip@naver.com
출판등록 1994년 1월 13일 제10-927호
ⓒ 최인수, 2021

—

* 이 책은 울산시문화재단으로부터 출판비 일부를 지원받았습니다.

—

ISBN 978-89-7944-786-6 (04810)
ISBN 978-89-7944-513-8 (세트)

한국의
단시조
0
3
3

푸른 화살표

최인수 시집

책만드는집

詩의 집을 짓는다는 건

어쩜 가슴 뛰게 하는 일이다

복사하듯

그동안 살아온

내 삶을 베껴서

두 번째로 묶었다

2021년 깊어진 가을
최인수

| 차례 |

2부

3부

4부

5부

1부

푸른 화살표

화살은 무기인데
제비는 이정표다

이쪽은 푸른 세상
저쪽은 위험 지역

지지배
노래 부르며
자맥질이 끝없다

맥문동 麥門冬

난처럼 뻗은 잎새
푸득푸득 춤을 춘다

찬 서리 눈발에도
지조는 살아 있어

보라색
꽃대를 들고
향불 피워 놓는다

이웃사촌

혈육이 아니라도
핏줄이나 다름없다

내 것만 챙겨 사는
도회지의 닫힘 앞에

정 먼저
사랑도 담뿍
안겨 주는 인간미

간절곶 해맞이

원단元旦에 제일 먼저
알현한 불덩이 해

한 해 동안 아껴 쓸
에너지를 충전하자

마음속
불끈 솟는 힘
가만가만 모셔 온다

장미꽃

꽃만 보고 달려갔다
가시에 찔린 바람

그 바람 잊지 않고
오월 다시 열었구나

초록빛
치마폭 가득
붉은 입술 겹겹이

모바일 시대 변죽만

핸드폰 이용률이
일 프로도 안된다니

못 쓰고 남은 것이
국가에도 손해란다

아무리
쓰고 싶어도
꺼내기란 그림떡

번개처럼

나에겐 신명 나는
가족과 주문자가

폰으로 찍힌 문자
쾌속으로 다다르면

부르릉
배달의 민족
상생하는 서민들

채찍

팽이는 매를 맞고
꼿꼿이 돌아간다

병사는 군기 먹고
충성 안보 기율 서고

중심축
잡아주는 덴
채찍 이상 없으랴

불면

까치가 한밤중에
울지 않은 게 어디냐

푸근한 마음으로
잠자리에 들었는데

벽시계
초침 소리가
수면 신경 건드린다

향기말 香氣沫

저 멀리 만리향이
코끝을 간질인다

아까시 꽃말 향에
꿀벌이 빨려들고

강력한
영적 향기에
세속 유혹 도망쳐

하늘 공간

땅 한 뼘에 빌딩 열 뼘
마천루도 세우고

굴뚝새 까마귀며
맹금류도 제 세상을

하늘을
획정하는 건
국가 안보 튼튼히

나팔꽃

연분홍 작은 얼굴
울타리에 웃고 있다

엄마 손 놓친 홀씨
모진 세월 넘고 넘어

오뚝이 심성 닮아서
나팔수로 뜨고 있다

남창 오일장

발 디딜 틈도 없이
북적댔던 장꾼들

어제가 삼팔 장날
장옥마다 텅텅 비워

국밥집
손 닦는 아줌마
유리문에 서린 김

화살 같은 세월

세월의 날줄 씨줄
북에 실어 베를 짠다

비와 눈 조화이듯
희로애락 오색구름

세상이
빛의 속도로
어제 오늘 다르네

길고양이

새끼들 거느리고
새벽녘 먹이 찾아

어미는 초병인 양
번득이는 눈의 광채

비닐 속
썩은 도심을
발로 푹푹 찢는다

2부

인체 시계

짤각거린 초침도
분침 역시 안 보이고

벽면엔 숫자판도
달력마저 없는데

때때로
실행 정보가
몸을 온통 조정한다

회색 하늘

인간이 사는 세상
갈수록 폐가 많아

게으름이 시샘하여
역신이 날갯짓을

밤새면
세상 변화에
멈추기를 바라는 듯

그믐달

한 달간 힘을 쏟고
파리해서 얇아진 빛

밤낮으로 몸을 던져
골고루 비친 그림자

보름 후
우주 섭리로
충전받아 반기겠다

초음파

팔십넷 꽉 찬 날에
생채기를 알아본다

판사가 법전 펴고
행간을 넘겨 가며

습관이
저질러 놓은
검은 흔적 보라네

연필에 달린 지우개

밤에는 뒤척여도
무딘 감성 성찰 못 해

자고 난 아침에 보니
켜켜이 꼬인 실수

일탈은
지워 버리고
다시 쓰게 고친다

성묘 회피

숲길만 걷다 보니
호젓함이 이를 데 없어

멧돼지 출현하여
혼비백산 떠오르니

차라리 낫이나 들고
선조 유택 벌초나 갈걸

시간도 멈췄으면

야릇한 괴질 땜에
물색없는 총칼 소리

소리를 피하려니
너도나도 들어앉아

온 누리
침체됐으니
지구 자전 멈췄으면

일사구사(1494호)

한 인생 나이만큼
굴러온 나의 애마

노인성 질환처럼
이곳저곳 흠결 잦다

평생을
아내와 같이
사랑해 온 분신이여

지팡이

세는 날 일만 보를
걸으라는 생활 수칙

아버지 원력 부실
울컥하는 아들 수심

연륜이
덧씌워 주는
또 하나의 삶이다

내 몸 또한

버섯은 습윤함에
공기와 빛을 먹고

검버섯 셋 요소를
품었는지 피어나네

저승꽃
나타나는 건
자연스런 현상일세

홀가분한 여유餘裕

여유를 만지작거려
기氣를 찾아 나선 산책

되새김 시간들이
사도신경 흥얼대고

호젓이
가파른 비탈
삶의 미학 즐긴다

연蓮뿌리

먹방에 파도 헤쳐
봉긋하게 내민 얼굴

모든 님 나를 보고
화사한 웃음 지어도

가슴을
태우다 못해
속을 모두 비웠다

어머니 젖 냄새

부산에 뿌리내린
졸수卒壽* 된 누님 뵙고

산수傘壽**의 남동생을
업혀 자란 얘기 듣다

어머니 젖 이야기에
목메며 눈물 글썽

* 구십 나이.
** 팔십 나이.

부음訃音

간밤의 꿈자리가
길몽인 줄 알았더니

칠십 대 초로 지인
승천하고 남긴 자취

살기에
바쁘긴 해도
희수喜壽*조차 못 채워

* 나이 일흔일곱.

웃음의 효부 孝婦

다리 아픈 시어머니
유모차로 밀고 와서

승용차 안전 자리
떠미는데 힘 부친다

며느리
웃음소리가
트로트 가사 같네

3부

우포늪

철새가 즐겨 먹는
생이가래 가시연꽃

시공時空이 멈춘 곳을
문명인이 찾는 고향

호수는 공생共生하는 늪
동식물의 낙원이다

산책하다가

하늘을 쳐다보니
숲을 이룬 나무들

산소를 뿜어 대는
대자연 고마움에

비로소 깨달은 지가
이제 겨우 오늘이네

복伏날 산행

햇볕은 불을 때고
해바라기 졸고 있네

매미는 우는 건지
숲속을 뒤흔들고

푸드덕 장끼 놀램에
찌든 번뇌 숨는다

달팽이

날 새면 길 위에도
객사할 염려 없어

온종일 거친 길이
이정표 백 리라네

보부상 채인 돌뿌리
피땀으로 얼룩져

검버섯

구루무 바르다가
버섯 핀 줄 알았다

황량荒涼한 벌판에는
건천乾川이 얼기설기

사는 건
세월에 맡겨
흘러가게 두리다

강아지풀

어미 개 풀밭에다
새끼를 옹기종기

솜털이 봉실봉실
귀 쫑긋 눈빛 초롱

언제쯤 내게로 와서
반려견이 되겠나

개망초

바람에 흔들리며
말갛게 피었구나

나비 벌 외면하자
소쩍새도 삐죽대고

유월에 피어오르는
무명용사 향수만

접시꽃

부모를 여읜 자매
외로운 사춘기에

보채는 동생 업고
엄마 사진 보고 있다

자매는
날로 예뻐져
서로 둥둥 껴안아

밤꽃

이모가 썬 칼국수
가지마다 말라간다

토실한 붉은 알밤
구시월 꿈을 꾸고

종갓집
제사상 첫 줄
숭모 정신 밝힐 터

대추나무꽃

오월에야 동면 털고
부스스 눈을 뜬다

도포 자락 펄럭이는
칠월 되니 꽃도 피워

느긋한
팔자걸음에
서둘지 않는 시월 제물

나리꽃

양지발라 햇볕 한 섬
폭염도 품어 안고

수풀을 헤치고서
바람 한 점 받으려고

언제나
공손한 품행
농염濃艶하게 살겠다

해바라기

키가 큰 형제들이
담 너머 쭝긋쭝긋

청빈한 부모 유산
손사래 친 우애 앞에

아들네 극진한 효도
검은 진주 촘촘히

쑥부쟁이

가을의 전령사로
이름 지어 줘야겠다

여름내 잡초 틈새
햇볕 한 점 넘보기에

매미의 울음 그친 골
연보라로 방긋 웃네

능소화

양갓집 담 너머로
그대 지날 줄이야

새아씨 앙가슴에
쿵덕거린 설렘 어찌

사랑이 심한 갈증에
목 축일 이 그리워

부용화

분홍색 치맛자락
초록색 저고리에

빈궁이 오랜만에
상감마마 영접하네

한평생 그리워한 님
품에 안아 녹이리

4부

슬픈 기억

감꽃이 활짝 피면
참깨씨를 뿌린다고

농사철 놓칠세라
감나무에 월력 걸고

지난봄
꽃비 맞으며
장례 치른 독거노인

벌초伐草

틈내어 행한 성묘
자손 된 도리이랴

봉분에 우거진 풀
이발시켜 드렸더니

갑자기
비구름조차
머리 감겨 주네요

명아주*

쉽게는 내 잔등이
부러지지 않는다

강렬한 햇볕 아래
뼈대 굵은 집안 내력

아버지
나들이 친구
청려장青藜杖**을 챙기신다

* 쌍떡잎식물, 중심자생 한해살이풀.
** 명아줏대로 만든 지팡이.

덕의 소비 消費

덕이 돈 받쳐 주면
뒤집어도 덕담 자자

돈이 덕 떠받치면
겉치레에 시큰둥해

검소에
덕을 입히면
존경받는 교양인

팔월 끝자락

푹푹 찐 태양 열기
쏟을 열원 남았을까

매미는 갈 길 바빠
절규하듯 악쓰는데

밟히던
팔월의 꼬리
사라지니 아쉽네

방벽염원防壁念願 십자가

하늘이 무너지듯
도로 개설 절개지

화가 난 천둥벼락
물폭탄 몰고 올 때

간절한
붕괴 방어에
혼을 심은 십자가

세필 이력서

화선지 상단에는
서리가 내려 있고

다즙한 중봉으로
오선보에 작곡한다

세월을
붓끝에 묻혀
갈기갈기 새겼다

초승달

사흘이 멀다 하고
안달이 난 개구쟁이

어서어서 자라나서
아빠만큼 힘을 키워

두둥실
보름달 되어
우리 동네 밝히겠네

고향故鄉

옛날 집 울안에는
콘크리트 집이 섰고

삐걱댄 정지문 안
부뚜막이 그려지고

떠난 지 육십 년 세월
백발성성 통성명

까치

새벽같이 잠 깨우는
소란스런 까치 소리

전깃줄 타고 앉아
오늘 잠언 읽고 읽어

부리를
닦고 또 닦아
전할 덕담 넘긴다

원더풀

공원은 날로 변천
한 철만 외면해도

늘 보던 덩굴손도
형형색색 낯선 색채

수생물
입 벌름거림
순치馴致* 눈치 기특해

* 짐승을 길들임.

치매 교육

꽃딸기 밑그림에
고운 색칠 씌우라 해

속담을 숨긴 글자
기억에서 찾으라 해

인문학
재미있다며
뇌 운동을 시킨다

찔레꽃

가냘픈 열 살 소녀
어린 동생 업고 서서

품팔이 간 엄마가
저물도록 오지 않자

뻐꾸기
산길에 뚝뚝
울음 떨군 흰빛 자락

일기 한 페이지

아내가 뉴스 시간에
고개로 노를 젓네

온몸에 쌓인 피로
엄습하니 감당 못 해

똑바로
누워라 하니
씩 웃으며 고쳐 눕네

인동초 忍冬草

한 치 땅 눈치 보며
무릎 꿇고 앉고 나서

남몰래 숨죽이며
가시덤불 둘레길에

칼바람
숫돌 갈아도
버텨내는 민초들

5부

신호등

대도시 사거리는
재래시장 골목 같다

파란불 들어오면
장꾼들 줄을 서고

빨간불
문이 닫히면
파장 손님 우글댄다

정情

다투고 자고 나니
가뿐한 눈을 떴다

아내와 살 붙이고
잠꼬대가 있었을까

수천 날
살아온 세월
찌걱댐도 정이다

산책 散策

번민에 시달리다
빈 하늘 쳐다보고

팔 다리 찌뿌둥해
흙길 밟기 제격이다

푸드덕 장끼란 놈이
눈 밖으로 숨는다

삼복三伏더위

염천炎天이 온 대지에
틈 없이 녹아내려

염대장炎隊將 군화 소리
사열대를 엄습한다

폭염은 바람도 재워
졸고 있는 태극기

생체리듬

아무리 피곤해도
몸 안은 발랄하다

맥 빠진 신진대사
기氣를 불러 흥얼대고

스스로
작곡도 하며
팔다리는 춤을 춰

일기장 갈피

먼지가 덕지덕지
쌓여 있는 인생 수첩

퇴색한 갈피 속에
등이 휜 삶의 무게

켜켜이 쌓인 땀방울
밑그림을 그렸다

호수 위 거미줄

어부는 빈 그물에
허탈한 한숨 소리

도편수* 솜씨대로
거멀장에 그물 걸어

아침의 호숫가에는
건축 못질 한창이다

* 집을 지을 때 책임을 지고 일을 지휘하는 우두머리 목수.

녹슨 보습을 보며

뾰족한 보습날이
은빛으로 번쩍일 때

자갈밭 일궈내고
소낙비도 담던 날들

그 억센
쟁기 손잡이
아버지의 손때가

무궁화

8·15 독립으로
어렵사리 태어나서

팔십 불 국민소득
이겨 낸 민족 저력

피고 진
꽃망울 면면
선진국의 대열에

출렁다리

줄에 매단 긴 다리가
바다 위서 그네 타네

내 발을 들여놓자
눈썹을 빼놓고 올걸

심장이
고동쳐 대어
밑으로는 못 내려 봐

굴뚝새

물색이 닮았다고
까마귀를 우러러봐

부패한 먹잇감을
즐겨 먹는 식성 보며

굶어도 악취 풍기면
거들떠도 안 볼래

오만傲慢이 백내장으로

내 눈에 가린 들보
무거운 줄 모르고

두터운 눈꺼풀로
유리알은 안 보여

눈으로
보이지 않아
가슴 열면 보일지

금낭화 錦囊花

목이 긴 장끼 노래
까투리가 설레이고

중생은 번뇌 안고
청려장 靑藜杖에 의지하여

산사의 긴 연등줄에
매달려서 밝히네

금계국 金鷄菊

나라 빚 물결 넘쳐
IMF 닥쳐오자

하늘도 부채負債 걱정
금붙이 몽땅 거두었고

어머니
금가락지는
유택幽宅가에 피었다

봄의 시샘

목련이 피고 나면
언제든 비가 온다

털북숭이 꽃봉오리
시샘한 늦겨울이

백옥을
힐끔 본 뒤로
치마폭을 후려쳤다

올곧게 짠 온고지신의 詩文

박영식 시조시인 · 푸른문학공간 主人

　한 분 노시인을 두고 무슨 말부터 운을 떼야 할지 조심스럽다. 다시 말해 조금도 흐트러짐 없는 외모에서부터 올곧은 성품과 인자한 인격만 보더라도 참으로 존경을 안 할 수가 없기 때문이다. 올해로 세수 85세인 최인수 시인과의 인연은 필자가 십여 년 전 우체국 정년퇴임을 하고 울산문인협회에서 개설한 시민문예대학에 출강하면서 시작되었다.

　최인수 시인 역시 농촌진흥청 울산시농촌지도소에서 정년퇴임한 전직 공무원이었다. 만학도이기도 했던 시인은 '한자 1급', '한문 지도사' 자격증을 획득하여 배움이 있는 곳에 출강하여 울산 지역민을 위해 봉사로써 선행을 이어오고 있었다. 그런 연유가 바탕에 깔려서이겠지만 한글전용시대에 굳이 시조 속에 한자를 병행해 쓰기를 고집한다. 이는 급변하는 시류에 자칫 잊히고 묻히기

쉬운 한자에 대한 지킴이 정신이 앞서기 때문일 것이다.

시인은 시조로 등단하기 이전 이미 수필가로 활동하고 있었다. 나이는 숫자에 불과하다는 말이 꼭 백세시대를 겨냥하지는 않는다. 이를 증명이라도 하듯 산수傘壽를 넘어서 준신춘문예準新春文藝나 다름없는 제43회 샘터시조상 장원에 이어, 계간《현대시조》신인상에 겹경사로 당당히 당선됨으로써 보란 듯 젊은이도 부러워할 만큼 시조시인의 반열에 올랐다. 그만큼 오랜 세월 갈고닦아 내공이 다져졌기에 등단 두 해째 되는 2019년에 첫 시조집 『억새꽃』을 상재하여 시조문단에서 큰 호평을 받았다. 그런 뒤 시조의 정수라 일컫는 단시조집을 출간하게 되었으니 인생으로 보나 문업으로도 경하慶賀하지 않을 수 없다.

이번 시조집은 미발표 단시조만 모아 엮은 시조집이다. 하여 이 작품집에는 들어 있지 않은 샘터시조상 수상작과《현대시조》신인상 당선작을 언급할 필요가 있다고 사료되기에 여기에다 먼저 소개한다.

머리를 빗어가다 가을 온 줄 알았다

저무는 산등성이 나부끼는 은빛 물결

서둘러 가야 할 길이 가르마로 놓였다
  – 제43회 샘터시조상 장원 당선작 「억새꽃」 전문

내 비록 이름값은 아지랑이 몸체 같아도
이 강산 골골마다 버텨낸 민초란 걸
때로는 허리를 굽혀 학을 앉혀 춤췄다

풀대죽 못 끓여서 애태운 울 엄니는
들에서 삘기 뽑고 산에 가 송기 꺾어
허기진 세월 달래며 질긴 세상 살았다

단연코 소나무는 허투가 아니란 걸
날개 편 궁궐에서 대들보 되었다가
풀 먹인 모시옷 입고 먹을 가는 선비임을
  – 계간 《현대시조》 신인상 당선작 「우리 소나무」 전문

단시조 「억새꽃」은 인생 만년의 허무를 한 점 군더더기 없이 노래했다. 특히 여기서 사람도 자연의 일부이기에 저문 가을날 산등성이에서 하얗게 나부끼는 억새꽃의 이미지를 끌고 와 노시인 자신을 비유적으로 형상화했다. 더

구나 삶과 죽음의 연결 고리가 이승과 저승이 맞닿아 있음을 언급한 종장에 이르게 된 '서둘러 가야 할 길이 가르마로 놓였다'는 것은 생로병사의 종착지를 눈앞에 두었다는 것이고, 누구도 피할 수 없는 인생 여정의 목적지를 바라보는 심경은 착잡하기 이를 데 없음을 느끼게 한다.

그런가 하면 세 수 연시조로 짜여진 「우리 소나무」는 한민족의 근간이 된 뿌리 정신에서 결코 손놓을 수 없었던 수난사를 서사적 성격을 바탕에 깔아 직조한 수작이라 하겠다. 언제나 푸르기를 열원한 솔아 솔아 푸른 솔아, 라고 외쳐 댈 만큼 우리 소나무, 아니 대한인의 올곧은 기상과 지조, 근성까지도 잘 담아냈다. 흔히 자국민의 근면성을 표현할 때 묵묵히 일만 하는 순하디순한 왕눈이 소로 비유한 이유도 어떠한 고난 앞에서건 강인한 지구력이 갖춰진 것임을 알 수 있다. 그러기에 화가 이중섭의 여러 형태 소 그림에서도 느낄 수 있듯 우리의 저력은 〈소나무 + 소 = 한국인〉이나 다름없다 하겠다. 한마디로 뚝심 그 자체다.

여기서 한 가지 더 짚고 넘어갈 것은 온갖 질곡을 헤쳐 온 노시인에게는 온고지신의 세계관이 확고하다는 것이다. 그렇다 해서 연세와 맞물려 작품이 고루하다든가 작품 소재가 머릿속을 덜 복잡하게 하는 농촌 서정 일변도의 시도 아니다. 그야말로 현대인의 삶을 민감하게 다방면으로 진단하고 있음을 알 수 있다. 어쩌면 이는 옛것의 슬기로 현대라는 복잡한 출구를 개척하는 과정과도 같은 역학 메시지를 담고 있다 해도 과언이 아니다.

다음으로 이번 단시조집을 중심으로 살펴보자.

> 화살은 무기인데
> 제비는 이정표다
>
> 이쪽은 푸른 세상
> 저쪽은 위험 지역
>
> 지지배
> 노래 부르며
> 자맥질이 끝없다
> − 표제작 「푸른 화살표」 전문

화살은 생명을 앗아 가는 무기의 한 종이다. 보거나 듣기만 해도 살벌함을 감출 수 없다. 그런데 「푸른 화살표」는 연미복 입은 청제비의 화살촉 이미지에서 방향을 제시하고 있다. 다시 말해 제비가 날아가는 방향은 긍정의 좋은 지역 표시고, 화살의 표시는 위험 지역, 또는 부정적 사고를 제시하고 있음을 알 수 있다. 다시 말해 즐겁게 일하는 근면성 속에서 보다 좋은 세상을 만들어 가자는 함축적 메시지가 담겨 있다.

> 짤깍거린 초침도
> 분침 역시 안 보이고
>
> 벽면엔 숫자판도
> 달력마저 없는데
>
> 때때로
> 실행 정보가
> 몸을 온통 조정한다
> ─「인체 시계」전문

아주 오래전부터 우리 어머님은 이런 말씀들을 하셨다. '뭐라 사도 니 일신이 최고데이' 이 가르침은 아무리 세상에 좋은 것이 있다 한들 네 몸 하나보다 못하고, 건강을 잃으면 그 어떤 것도 소용없다는 진리였다. 그러기에 내 몸 자체가 삼라만상의 우주다. 끊임없이 진화하는 현대에 정체불명의 의학이 발달하고, 설사 불로초를 먹었다 한들 자연의 순리에는 미치지 못하는 것이 인간의 한계다. 요즘 천년만년 살 것처럼 SF 일변도로 생명체로 장난을 치고 있는데 알게 모르게 감당할 수 없는 뭔가가 웅크리고 있음을 잊지 말아야 할 것이다.

햇볕은 불을 때고
해바라기 졸고 있네

매미는 우는 건지
숲속을 뒤흔들고

푸드덕 장끼 놀램에
찌든 번뇌 숨는다
　　　－「복伏날 산행」 전문

요즘은 환경이 많이 나빠진 탓에 예전 같지 않게 생활이 뒤죽박죽일 때가 허다하다. 삶는 건지 굽는 건지 지표면이 열판 된 지 오래고, 삼복의 매미는 밤낮을 가리지 않고 악을 써 댄다. 한마디로 낮에는 너무 뜨겁고 밤에는 환한 불빛 때문에 잠을 잘 수가 없다. 그래서 인간들아 내 좀

살자는 식으로 고막이 찢어져라 울어 대는 것이다. 거기다 장끼마저 꿔엉꿩! 일침을 가하니 번뇌고 뭐고 아무 생각 없이 다 말라 버렸다. 과학적으로 입증된바 자연의 대재앙 앞에 동식물들의 행동이 반응을 보인다고 하니 이 작품 역시 예사롭게 읽고 넘겨서는 안 될 것이다.

틈내어 행한 성묘
자손 된 도리이랴

봉분에 우거진 풀
이발시켜 드렸더니

갑자기
비구름조차
머리 감겨 주네요
　　－「벌초伐草」전문

　시나브로 살기가 힘들다는 현실적 문제로 차례를 지낸다든가 성묘를 하는 유교적 고풍이 날로 설 자리를 잃어가고 있다. 그런 맥락에서 조상 숭배 정신을 중히 여기는 이 작품은 하늘의 도를 보는 듯하다. 앞으로 다가올 한 세

기부터는 또 어떤 격세지감을 불러올지는 모르지만 미풍
양속을 보는 듯한 이 작품을 대하니 저세상에 계신 부모
님을 뵙는 것처럼 마음이 따뜻해 옴을 어쩔 수가 없다.

8·15 독립으로
어렵사리 태어나서

팔십 불 국민소득
이겨 낸 민족 저력

피고 진
꽃망울 면면
선진국의 대열에
−「무궁화」전문

근년 들어 코로나19라는 세기의 팬데믹으로 인해 삶이
많이 어려워진 건 부인할 수 없는 사실이다. 이러다 보니
지원금이란 명분 아래 곳간 문을 자꾸 열기만 한다 해서
만사형통도 아닌 것이다. 일제 식민지와 6·25, IMF와 같
은 위기의 시공간 속에서 절체절명을 경험하지 못한 세
대들은 꼰대 발언이라 치부해 버릴 수도 있겠지만 뭔가

정신을 차려야 되리라 본다. 그렇다 해서 큰 틀의 미래를 보지 못하는 건 아니겠지만 국가보다 개인의 이익을 우선시하는 듯한 분위기로 치닫고 있으니 실로 걱정이 아닐 수 없다.

모든 이룸 앞에는 고난 극복과 함께 앞서 삶을 살아간 선대의 지혜가 있었기에 오늘이 있는 것이라고 본다. 이런 차원에서 언급한「무궁화」작품은 푸른 기상의 소나무와 우직한 황소를 닮은 한국인의 저력을 내비친 것이나 다를 바가 없다.

이상으로 5부로 단락 지어진 작품들 속에서 간략하게 한 편씩 나름의 감상을 열거해 보았다. 일일이 소개 못 한 다른 작품들도 선명한 이미지와 긍정이 바탕에 깔려 있어 좋았다. 끝으로 사석에서 나눈 대화 한 줄 쓰며 이만 단 시조집 발문을 맺을까 한다.

"최 선생님, 이가 참 곱고 보기 좋습니다. 혹, 의치십니까?"

"아니야. 모두 본 이고 안쪽 어금니 두 개만 해 넣었지."

답변을 듣는 순간 너무나 깨끗한 치아를 가지셨다는 생각에 참으로 놀라지 않을 수 없었다. 절제된 삶, 긍정의 사고가 건강을 유지하는 척도임을 느끼며 부디 장수하셔서 좋은 문학으로 세상의 빛이기를 기원해 본다.

나의 삶, 나의 문학

최인수

나는 1937년 1월 29일 경남 사천시 서포면에서 태어났다. 2차세계대전이 발발하기 2년 전이었다. 일제 치하에 있던 정국에서 우리 가정은 1945년 해방이 되기 전까지 가난과 무지 속에서 살았다. 맏형은 15살에 일제의 보통학교를 졸업하여 가정을 끌고 가야 했다.

1941년 우리 가정에 큰일들이 많이 벌어졌다. 남동생이 태어났고, 천식으로 고생하시던 아버지가 돌아가셨다. 맏형은 19살에 결혼을 하고 11월에 일본제국의 징병에 뽑혀 입대하였다.

입대하는 날 학교 운동장에서 면민의 환송식을 거대하게 치르던 광경이 어슴푸레 기억이 난다. 나는 1944년 8살 입학 전까지 누님 손을 잡고 야학당에 다니면서 배웠던 것이 한글이었고, 공부하는 것을 일제 당국에서 간섭이나 제재하는 일은 없었다고 본다.

내가 초등학교 2학년 때 해방이 되었고, 그 후부터 우리나라 제도의 공부를 하였다. 1950년 한국전쟁이 일어나기 전 5월에 졸업하고 삼천포중학교에 합격하였으나 가난한 집안 사정으로 입학을 포기하였다. 인생의 운명은 이 시기에 큰 갈림길을 맞았다.

곧이어 한국전쟁 6·25가 터지고 한 달쯤 돼서 바로 손위 형이 인민군 의용군으로 끌려가 영영 행방불명이 돼 평생 어머님의 속앓이가 되기도 하였다.

괴뢰군들이 모두 후퇴하고 난 10월쯤 둘째 형님이 국군 징병으로 입대하였으니 집에 머물고 있는 내가 농사를 지으면서 가정을 돕는 데 작은 힘이 되었다.

운명에 얹혀 가는 것보다 운명을 거슬러 가라는 말이 있다. 늘 학교에 가고 싶었으나 사정은 용납되지 않았다. 전도에 대해서 몸부림치면서 결기가 스스로 배양되었다. 친구들이 중학생 모자를 쓰고 오는 것을 보고 나무지게를 지고 가던 그때 마주치기가 창피해서 한쪽으로 돌아서 눈을 피하기도 했다.

이때부터 1961년까지 가까스로 기초학력을 수료했고, 병영생활도 자연스레 마쳐 독립생활을 할 수 있는 터전이 닦였다. 우리 사회는 자유로웠지만 식량난이 무거운 짐이었다. 한창 '보릿고개'라는 험난한 시련을 겪어 내는 것이 우리들의 사회상이었다.

다행이 맏형이 면서기로 계셨기 때문이었는지 우리 가정은 조금씩 나아지면서 중농으로 머슴을 고용해서 농사를 지어 나갈 수 있었다.

나는 가정에서 어머님께나 형제들께 애를 태우게 하거나 속을 썩이는 일을 저지르지 않겠다는 자세로 살았다. 그런 깡다구가 지금까지 살아오는 데 생활지표가 됐다고 생각한다.

아주 어릴 때 사람들로부터 '참 어질다'라는 말을 종종 들었다. 그 말이 무슨 뜻인지를 모르고 나쁜 소리는 아니겠지 여겼고, 어지럼을 타는 아이를 두고 하는 말인가 생각을 하기도 하였다.

지나고 보니 나의 이름자에 어질 인仁 자가 있다. 흔히 성미는 이름자를 닮는다고 말하는 사람도 있다. 우리 육남매의 이름자는 모두 仁 자가 붙은 이름이다. 아버지께서 자식들 어질게 살라고 거는 바람이었을 것이다.

전쟁 후 인구는 많이 늘어나고 산업은 정체되었으니 농어촌에는 실업자가 폭발적으로 들끓었던 때다. 5·16 혁명이 일어나고 그 달 31일에 필자는 제대를 했다.

인근 동네 친구의 여동생인 황봉연, 현재의 아내와 결혼을 하고 이어서 농촌진흥청 농촌지도직 5급 을류(현재

9급)공채에 합격하여 이후부터 32년간 공직자로 평생 사명을 다한 시기가 내 장성기였다.

그 당시 식량 증산, 농가 소득 증대란 국가의 목표는 공직자에게는 엄중한 사명이었다. 그런 가운데서 성취감, 야망, 갈등, 보람, 절망, 허탈감으로 점철된 생애의 격동기를 거치면서 방송통신대학 농학과를 졸업하여 직무에 소양이 되었다.

소소한 내면의 목표는 거대한 승진이었지만, 성취는 물거품으로 허탈의 쓴맛을 경험한 채 1996년에 정년퇴임을 하고 대통령의 근정포장을 받았다.

조용히 생각해 봐도 소소하게 살아온 것이 후회스럽지는 않지만 성취감 없이 산 것에 가슴에는 언제나 그림자가 드리워져 있었다. 이런 가운데 2남 1녀의 자녀들이 사회 성취로 부상한 것이 부모에게 성취감으로 대리 만족을 하고 있다.

나이가 들어가면서 텅 빈 마음을 어루만져 주는 것이 문학이었다. 문학이 메마른 가슴을 쓸어 주면서 새살을 돋게 하는 치료 수단이란 걸 체험했다.

2009년(74세)에 울산대학교 평생교육원에 인문학 강좌가 있었다. 매주 토요일에 3개월 수필 강의를 수강한 것을 필두로 2012년에 《청하문학》《수필시대》에 등단하고, 연이어 울산문협의 문학 강좌에 3년을 수강하여 문예 창작의 싹을 배양했다.

그런 후 박영식 시인의 '푸른문학공간'에서 시조를 2년 간 공부하였다. 2016년 〈대구매일신문〉 시니어 문예 수 필을 수상, 2018년 샘터사 시조상 43회 장원, 2019년 《현 대시조》 겨울호에 「우리 소나무」 등단, 첫 시조집 『억새 꽃』 발간, 2021년 《문예운동》 여름호 시 등단을 하였다.

그리고 이번에 『푸른 화살표』로 두 번째 단시조집을 내 게 되었다.

참으로 늦게 출발을 한 것 같아 면구스러운 마음도 있 다. 그런 가운데 끊임없이 문예와 예수님을 함께 섬김으 로써 가슴은 언제나 세상이 따뜻해 보인다.

중국 송나라 주자朱子의 권학문勸學文이 절실해지는 바 이다.

少年易老 學難成
一寸光陰 不可輕
未覺池塘 春草夢
階前梧葉 已秋聲

소년은 늙기 쉽고 학문은 이루기 어려우니
한 순간의 시간이라도 가벼이 해서는 아니 된다
연못가의 봄풀은 깨지도 못하는데
뜰 앞의 오동나무는 벌써 가을을 알리는구나

70세가 훌쩍 넘어서 '한자 1급', '한문 지도사' 자격증을 획득하여 문수실버복지관 한문 강의를 하다 보니 새삼 공부를 다시 하게 되었고, 자신의 밑천마저 훤히 들여다보게 되었다.

마을 경로당 회장을 맡아 동네 어른들의 마음을 읽게 되고, 늘 안부가 궁금한 것은 또 하나의 생활 속의 영역이 됐다.

울산문인협회, 울산시인시조인협회, 문수필담 회원으로 자긍심과 문인 활동의 기반이 튼튼해졌다.

성공한 사람의 삶만 기록이 아니니, 부족한 사람의 인생 넋두리를 여기에 적어 본다.

김형석 전 교수님의 인생 전성기는 60세에서 75세 사이였다는 기록을 본 적이 있다. 노철학자의 삶을 종종 우리 인생의 표본으로 삼기에 다른 토를 달 일이 없을 것이다.

지각생인 필자는 70세로부터 85세임을 정리해 본다.

고마운 일이다.